Tucholsky Wagner Zola Scott Sydow Freud Schlegel
Turgenev Fonatne
Wallace
Twain Walther von der Vogelweide Fouqué Friedrich II. von Preußen
Weber Freiligrath
Kant Ernst Frey
Fechner Fichte Weiße Rose von Fallersleben Richthofen Frommel
Engels Fielding Hölderlin
Fehrs Faber Flaubert Eichendorff Tacitus Dumas
Maximilian I. von Habsburg Fock Eliasberg Zweig Ebner Eschenbach
Feuerbach Ewald Eliot Vergil
Goethe Elisabeth von Österreich London
Mendelssohn Balzac Shakespeare
Lichtenberg Rathenau Dostojewski Ganghofer
Trackl Stevenson Doyle Gjellerup
Mommsen Tolstoi Hambruch
Thoma Lenz Hanrieder Droste-Hülshoff
Dach Verne von Arnim Hägele Hauff Humboldt
Karrillon Reuter Rousseau Hagen Hauptmann Gautier
Garschin
Damaschke Defoe Hebbel Baudelaire
Descartes
Wolfram von Eschenbach Dickens Schopenhauer Hegel Kussmaul Herder
Bronner Darwin Melville Grimm Jerome Rilke George
Campe Horváth Aristoteles Bebel Proust
Bismarck Vigny Barlach Voltaire Federer Herodot
Gengenbach Heine
Storm Casanova Tersteegen Grillparzer Georgy
Chamberlain Lessing Langbein Gilm Gryphius
Brentano Lafontaine
Strachwitz Claudius Schiller Schilling Kralik Iffland Sokrates
Katharina II. von Rußland Bellamy Raabe Gibbon Tschechow
Gerstäcker
Löns Hesse Hoffmann Gogol Wilde Vulpius
Luther Heym Hofmannsthal Gleim
Roth Klee Hölty Morgenstern
Heyse Klopstock Kleist Goedicke
Luxemburg Puschkin Homer Mörike
La Roche Horaz Musil
Machiavelli Kierkegaard Kraft Kraus
Navarra Aurel Musset Lamprecht Kind Kirchhoff Hugo Moltke
Nestroy Marie de France Laotse Ipsen Liebknecht
Nietzsche Nansen Ringelnatz
Marx Lassalle Gorki Klett Leibniz
von Ossietzky May vom Stein Lawrence Irving
Petalozzi Platon Knigge
Sachs Poe Pückler Michelangelo Kock Kafka
Liebermann
de Sade Praetorius Mistral Zetkin Korolenko

Der Verlag tredition aus Hamburg veröffentlicht in der Reihe **TREDITION CLASSICS** Werke aus mehr als zwei Jahrtausenden. Diese waren zu einem Großteil vergriffen oder nur noch antiquarisch erhältlich.

Symbolfigur für **TREDITION CLASSICS** ist Johannes Gutenberg (1400 — 1468), der Erfinder des Buchdrucks mit Metalllettern und der Druckerpresse.

Mit der Buchreihe **TREDITION CLASSICS** verfolgt tredition das Ziel, tausende Klassiker der Weltliteratur verschiedener Sprachen wieder als gedruckte Bücher aufzulegen – und das weltweit!

Die Buchreihe dient zur Bewahrung der Literatur und Förderung der Kultur. Sie trägt so dazu bei, dass viele tausend Werke nicht in Vergessenheit geraten.

Meine welschen Ahnen

Felix Dahn

Impressum

Autor: Felix Dahn
Umschlagkonzept: toepferschumann, Berlin

Verlag: tradition GmbH, Hamburg
ISBN: 978-3-8472-3622-1
Printed in Germany

Felix Dahn

Meine welschen Ahnen

Kleine Erzählungen

Felix Dahn

Gesammelte Werke

Erzählende und poetische Schriften

Neue wohlfeile Gesamtausgabe

Zweite Serie: Band 5

Verlegt bei Breitkopf & Härtel in Leipzig
und bei der
Verlagsanstalt für Litteratur u. Kunst
(Hermann Klemm) in Berlin-Grunewald

Vorwort.

Der Vater meiner Mutter war Franzose: Monsieur le Gay hieß er und war Kapellmeister am Hofe des Königs Jerome zu Kassel: mit dessen Sturz verlor er seine Stellung: sonst weiß ich nichts von ihm und gar nichts von seinen Vorfahren.

Ich habe aber oft in meinem langen Leben den Einfluß jener Tropfen – 25 vom Hundert – romanischen, französischen – Blutes auf meine Gedanken und Gefühle, zumal auf die Art ihrer Äußerung, zu verspüren geglaubt. Und gar manche Nacht hab' ich mich vor dem Einschlafen mit den Vorstellungen beschäftigt, was wohl alles diese meine welschen Ahnen in Gallien und anderwärts mochten erlebt, was sie an guten oder auch schlimmen Anlagen und Neigungen seit etwa zwei Jahrtausenden auf mich möchten vererbt haben. Schlief ich dann unter solchen Phantasien ein, so pflanzten sie sich oft in meine Träume fort, nicht ohne Einwirkung meiner jeweiligen geschichtlichen Forschungen und meiner Dichtungen. Einiges von diesen Träumen über jene Ahnen im schönen Westland und aus seiner reichen Geschichte will ich hier erzählen.

I.

Im Jahre 58 vor Christus diente in der zehnten Legion unter dem Prokonsul Cajus Julius Cäsar in Gallien der Centurio Marcus Manlius Gaudiosus: sein Geschlecht stammte aus den Bergen der Samniten. Als die meisten im römischen Lager vor den Germanen Ariovists bangten – die oft von ihm geschlagenen Gallier hatten sie ins Ungeheure ausgemalt! – erklärte der Feldherr, er werde mit der zehnten Legion allein zum Angriff ziehen. Das half: alle folgten. Der Markomannenkönig ward geschlagen: auf der von Cäsar selbst geführten schonungslosen Verfolgung – fünf Milien weit, bis an den Rhein – kam der Centurio dazu, wie ein numidischer Reiter zwei fliehende Frauen niederhieb: ihr Blut rötete die gelben suebischen Haarschweife: es waren die Frauen des Königs. Schon hob der Afrikaner das Schwert gegen ein junges Mädchen, das vor beiden lief: Gaudiosus sprang hinzu, hob den Schild über die Knieende und verscheuchte den Unhold. Er brachte die Gefangene – Ariobertha hieß sie und war des Königs Tochter – dem Feldherrn. Der belobte ihn. Viele Jahre später, auf dem Blachfeld bei Pharsalus, drohte Cäsar sein Glück zu verlassen: germanische Reiter – Sugambern – retteten ihm die wankende Schlacht: aber Sunno, ihr Führer, stürzte mit dem durchspeerten Roß: Gaudiosus trug ihn auf dem Rücken aus dem Gefecht: ein Pfeil, zwei Pfeile trafen ihn: er ließ nicht ab bis der Wunde gerettet war: Cäsar hatte es mit angesehen. Nach dem Frieden schickte er den Samniten mit ehrenvollem Abschied als Kolonisten nach Gallien, wo ihm ein ausreichend Gütlein, reich an köstlichen Reben, angewiesen ward – an dem herrlichen Rhone bei Arles.[1] Dieses bescheidene Besitztum, im Lauf der Zeiten gebessert und erweitert, blieb die wirtschaftliche Grundlage des Geschlechts durch die Jahrhunderte. Der Centurio, noch ein voll rüstiger Mann, nahm zum Weibe die Tochter seines keltischen Nachbars Lugótorix: Eponocea hieß sie, und war schön in ihren wie Feuer glühenden roten Haaren: daher vielleicht waren die Kinder und Enkel des ganz schwarzhaarigen und schwarzäugigen Samniten nicht auch schwarz, sondern braunlockig und grau in den Augen: »grün« meinten und meinen Abgünstige häufig! Auch ein um ein klein

---

[1] Nicht etwa bei Tarascon!

bißchen zu kurz geratenes Näslein, das vorn steil abfiel, und neugierig in die Welt guckte, hatte die schlanke Eponocea in das Geschlecht mit eingebracht: aber auch kleine Gliedmaßen und die Abneigung gegen alles Plumpe und Rohe an Leib und Seele.

II.

Weder Trägheit noch Vergeudung eigneten dem Ahnherrn und den Folgern: so erwarb der Enkel schon durch den Gewinn aus dem eifrig gepflegten Rebgarten auch in der Stadt Arles ein kleines Haus und ward Bürger dieser Civitas.

In der Folgezeit schlossen die römisch-keltischen Mischlinge auch wohl wieder mit Keltinnen Ehebündnisse, aber doch viel häufiger mit römischen Provinzialinnen: und die Kelten in jener Südlandschaft wurden ja selbst immer mehr romanisiert: – so blieb das Römische in dem Geschlecht weit überwiegend.

Auch die römische Gesinnung: als während des Bürgerkriegs zwischen Otho, Vitellius und Vespasian im Jahre 69 bei der Erhebung der (germanischen) Bataver gegen Rom ein großer Teil der keltischen Gallier sich ebenfalls gegen die römische Herrschaft empörte mit lärmenden, großsprecherischen, theatralischen Veranstaltungen und als die Rebellen in der »Campania« vor den Toren von Arles Publius Gaudentius aus seinem Garten, in dem er friedlich die Wildlinge der Obstbäume veredelte, hinweg mit zum Aufstand fortreißen wollten, schüttelte er den grauen Kopf und sprach: »Ich bin Römer, und ihr seid gallische Komödianten. Weh euch, ertönt hier wieder die Tuba der Legionen.« Sie schlugen ihn tot auf dem Fleck, aber bald darauf war das prahlerische »Großreich Gallien« in Schaum zerstoben.

III.

Jedoch nicht nur am römischen Staat, auch an den römischen Göttern hielten sie treu, die Gaudiosi.

Als unter Constantius, dem Sohne Constantins, die Tempel geschlossen und die Opfer verboten wurden, wie im ganzen Reich so in Gallien, geriet Felix Gaudiosus in Verdacht bei dem Archipresbyter von Arles: dessen Späher überraschten ihn wie er in seinem schönen Reb- und Olivengarten am Rhodanus dem Genius Loci ein Rauchopfer darbrachte: einer der Kirchendiener sprang hinzu und stieß die Räucherschale in das Feuer: Felix schlug ihn nieder mit der Faust. Schlimm war es ihm ergangen vor dem Tribunal des Judex zu Arles: aber da trat während der Verhandlung von der Straße her vor die »Cancelli« des Gerichts ein Mann, dem der Kriegermantel das Haupt und die Stirn bedeckte: er hörte aufmerksam zu und als der Richter das Urteil fällen wollte, rief jener: »Halt ein! Es wird keiner mehr gestraft in *meinem* Gallien, weil er den Göttern dient und ihre Altäre schützt.« Und schlug die Kapuze zurück: es war der Cäsar Julian. »Felix Gaudiosus heißest du, wie der Ankläger sprach? So sei denn ›glücklich‹ und ›freudig‹ immerdar, tritt her zu mir und folge mir fortan.« Und er folgte ihm getreulich – als einer seiner Leibwächter.

Bevor sie Arles verließen, verriet er dem Cäsar, daß der Archivpresbyter, der das Nackte zu sehen nicht ertragen konnte, befohlen hatte, eine wunderschöne marmorweiße Venus in ihrem – nun geschlossenen – Tempel zu zerschlagen: Julian stellte Wachen auf, die Göttin zu schützen.

Noch heute lebt sie im Louvre zu Paris. –

Nach kurzem Abschied von Weib und Kindern – der Cäsar verschmähte dabei nicht, im wohlgepflegten Rebgarten einen Becher des dunkeln Rhoneweins zu leeren – folgte der ›Satelles‹ dem Feldherrn.

Er sollte nicht mehr zurückkehren: zwar bei Straßburg kam er noch mit einem alamannischen Schwerthieb König Chnodomars davon, aber in Persien waren es der Pfeile zu viele, die er für den vom Roß gestürzten Imperator auffing.

IV.

Der jüngere seiner Söhne, Secundus, erregte Merksamkeit und Beifall des gefeierten Dichters Ausonius, der ebenfalls Weingüter bei Arles eignete: der reiche, vornehme Herr hörte den Nachbarsohn durch die Olivenhecke, welche die Güter schied, hindurch, seine noch gar jugendlichen Hexameter laut deklamieren: die zweifellose Formbegabung zog den fachkundigen Gönner an: er lud den fast noch knabenhaften Braungelockten ein, ihm zu folgen, in seiner Nähe zu lernen: »zumal zu *leben*«, meinte er: »die Daktylen und Spondeen fließen ja schon ganz fehlerlos. Aber der Inhalt! Hier unter seinen Reben, Mandeln und Oliven erlebt der Junge nichts, Matrona Constantina: gebt ihn mir, bei mir in meinem schönen Hause zu Bordeaux, unter meinen Freunden, den Rhetoren und Philosophen, wird er allerlei Inhalt in sich aufnehmen.« Aber in Bordeaux erlebte der Jüngling auch in den nächsten zwei Jahren nichts: ganz wo anders im dritten Jahr: – in Alamannien, am Bodensee.

Da fingen die Römer eines Morgens, dicht beim trauten Friedrichshafen, das aber damals noch nicht stand, ein ganz junges Ding: schöne rote Haare hatte es, war gar trutzig und schnappig und hieß Bissula, das will sagen »die Kleine«. In dieses anmutige Hexlein verliebte sich der ganze Generalstab des kaiserlichen Heeres: – die niederen »Chargen« nicht gerechnet. Vor allem Ausonius, der alte Herr, auf dessen Beuteteil sie – zu ihrem Glück – gefallen war. Aber noch viel heftiger jung Secundus. Der Alte machte viele Verse auf das Schwabenkind: sie sind erhalten: viel schönere auf sie machte Secundus, – jetzt hatten die glatten Rhythmen »Inhalt« gewonnen – er ward an ihr wirklich zum Poeten: leider sind *seine* nicht erhalten. Am Ende sah der grauhaarige Ausonius ein, daß er für das Kind doch zu »väterlich« sei und da er in einem jungen alamannischen Helden ihren – mehr angemessenen – Schatz entdeckte, gab er sie ihm großherzig frei. Das ging Secundus nah, sehr nah. Natürlich hatte das Mädel längst entdeckt, wie es um ihn stand. Da er aber nie zudringlich oder derb wurde, wie wohl die andre römische Jugend im Lager, die Gefangene vielmehr gelegentlich gegen plumpe Scherze schützte, und auch nicht gerade garstig war, ist sie ihm recht gut geworden. So sprach sie vor der Trennung, als sie allein mit ihm im Zelte des Ausonius war: »Secunduslein, bist kein übler Bub. Nun leb wohl. Da hast du was zum Dank und Abschied.«

Erglühend spitzte er den kleinen Mund.

Aber sie gab ihm einen Nasenstüber und hüpfte lachend aus dem Zelt.

Von diesem Nasenstüber mußte nun der Arme leben und dichten!

War doch wohl zu wenig Inhalt: drum ist er auch kein Klassiker worden.

V.

Da der ältere Bruder kinderlos starb, ward dieser Secundus der Stammhalter der Familie. Sein Sohn Magnus geriet in die stürmischen Zeiten, die zu Anfang des V. Jahrhunderts gerade Südgallien besonders heimsuchten: auch über das Stadthaus der Gaudiosi zu Arles und die kleine Villa vor den Toren brausten sie wild dahin.

Wiederholt erhoben sich Anmaßer, empörte Feldherren, gegen Kaiser Honorius und bekämpften sich untereinander, wie den Imperator: Arles ward von den Kaiserlichen verloren und von hunnischen Söldnern des Anmaßers Jovinus erobert.

Da wirkte es wie eine Wohltat, als in diesen Landen die gefürchteten »Barbaren«, die Westgoten, erschienen, welche ihr jugendlicher und schöner König Ataulf aus Italien nach Gallien geführt hatte, dort endlich die lang gesuchte ruhige Heimat – eine › *quieta patria* ‹ – zu finden. Der König war damals – nicht gar lange sollte es währen! – Verbündeter des Imperators und suchte die Stadt für diesen wieder zu erobern. Schwer litten unter den Belagerungsarbeiten die Villen und Güter vor den Mauern, auch die Villa Gaudiosa, wohin Magnus, treu kaiserlich gesinnt, mit den Seinen aus dem Stadthause gewichen war.

Er war noch nicht vermählt: nur mit jüngeren Geschwistern hauste er als ihr Vormund zusammen. Das Herz tat ihm weh, wie er Tag um Tag mit ansehn mußte, wie die Goten und die »Honorianer« seine Oliven- und Kastanien-Bäume fällten, ihre Belagerungsmaschinen daraus zu bauen und dann diese auf breiten Rädern über seine Felder hin wider die Mauern wälzten, gegen die sie doch wenig ausrichteten. Nachdem er wochenlang ratlos unter solcher Verwüstung gelitten, faßte er sich eines Tages ein Herz und suchte den Goten-König auf, der in der viel glänzenderen Nachbarvilla des Ausonius – sie stand leer, war verlassen – Quartier genommen hatte, neigte sich und sprach:

»Herr König, mit Vergunst, so geht das nicht fort. Ihr verliert Zeit und Krieger und wir verlieren alles und die Stadt fällt nicht. Ich will Euch aber die Stadt in die Hände liefern: denn ich bin dem rechtmäßigen Kaiser getreu und ich hasse die hunnischen Söldner hinter jenen Mauern, hab' ich doch unter dem Magister militum Stilicho gekämpft bei Florentia gegen Rhadagais, das Ungetüm. Und diese Panzer-Ehrenscheibe hier aus der Hand des Feldherrn selbst erhalten.«

Da sprach kopfnickend, daß die blonden Königslocken wallten, Herr Ataulf: »Eine Ehrung durch Stilicho? Keine bessere Empfehlung gibt's! Öffnest du mir die trotzige Stadt, will ich dir allen Schaden reichlich ersetzen, den dein Gut – wohl hab' ich es gesehen! – erfahren hat in diesen Wochen.«

»Ich aber,« sprach da Frau Königin Placidia, hinter dem Vorhang des Atriums hervortretend, – sie war das schönste Weib des Abend- und des Morgen-Reichs – Magnus hatte sie noch nie gesehen: er sank wie vor einer Göttin auf die Knie –: »ich gebe dir noch viel köstlicheren Lohn, nicht Geld. Denn ich habe dein Herz durchschaut in diesen Wochen«, lächelte sie anmutig und hoheitvoll.

Der junge Römer errötete über und über: »Sie hat mich ja noch nie gesehen,« dachte er, aber er schwieg.

Und der König versprach nun, in allen Stücken zu tun, wie ihm Magnus raten werde. Am selben Tage noch hoben die Goten die Belagerung auf, brachen ihre Zelte ab und zogen gegen Westen, gegen die Pyrenäen zu: denn sie hatten, so hieß es, vom Kaiser statt Galliens Spanien erhalten: bald waren ihre letzten Reiter in dem nahen Pinienwald verschwunden.

Die Hunnen in der Stadt freuten sich gar sehr, denn Hunger und Durst hatten sich längst bei ihnen eingestellt: aber vorsichtig unterließen sie es, die fest geschlossenen Tore zu öffnen und etwa den Weichenden zu folgen, deren Übermacht sie im offenen Felde nicht gewachsen waren: auch um zu plündern wagten sie sich nicht aus den Toren: sie befahlen nur durch ein paar Herolde den Villenbesitzern, Bauern und Winzern vor den Toren, vor allem Wein, dann aber auch andre Lebensmittel in Menge auf Wagen in die Stadt zu schaffen unter Bedrohung mit grausamen Todesstrafen. Seufzend, aber gehorsam übernahm Magnus die Lieferung für alle Villen und Güter auf der Westseite der Stadt und so fuhren denn am folgenden Morgen an zwanzig Wagen an, jeder mit vielen Rindern bespannt und schwer mit Wein-Schläuchen und Mehlsäcken beladen, zum Schutz gegen den Regen mit Lederhäuten überspannt. Vor dem

Westtor angelangt machten die Fuhrleute Halt und riefen unter Peitschenknallen die Hunnen herbei. Gierig, zungenschnalzend begrüßten die Ausgehungerten und Durstenden den Anblick, eilfertig liefen sie an das Tor, öffneten und ließen die vordersten Wagen ein: Magnus blieb im Tore stehen und zählte: vier Gefährte waren herein: da blieb das fünfte – schwerste, so schien es – im Tore stecken: vergeblich suchte Magnus, es vor- oder rückwärts schieben zu lassen: weit sperrte es die beiden Torflügel auseinander: »Da muß man abpacken!« rief Magnus und schlug zweimal in die Hände: sieh, da sprangen auf den Wagen unter den Decken hervor waffenklirrende Männer, dann herab von den Wagen und schwerterschwingend unter die überraschten Mongolen: die flohen nach kurzem Widerstand: denn immer mehr gotische Helme entpuppten sich aus den Schläuchen und Säcken: die Erschrockenen flohen zum Osttor hinaus, während von dem Pinienwalde her der König die Hauptmacht zurück und in die Stadt führte.

Er nahm für die Nacht mit Placidia Quartier in dem Stadthaus der Gaudiosi.

Am andern Morgen, als Magnus vor dem Paare stand, sprach die Königin: »Übel haben sie gehaust, die Barbaren, hier in diesem Speisesaal und da hinten im Cubiculum. Der Herr König wird dir das Geld geben zur Herstellung. Aber ein leeres Haus gedeiht nicht: es will in Ordnung gehalten sein: es bedarf der Hausfrau und diese schenkt dir Placidia.«

Und griff hinter den Vorhang und führte hervor ein gar holdes blondes Mädchen: das errötete über und über – aber Magnus kaum weniger. »Ihr habt mich nicht vermerkt,« lächelte Placidia, »all diese Wochen, wann ihr hinter der dichten Myrtenhecke plaudertet: – plaudertet! Meine Adalgotho! mehr hab' ich ja nicht gesagt! – ich aber sah hinter dem Vorhang der Loggia hervor auf euch herab. Möge die Ehe des Römers mit der Gotin so gut ausfallen wie die des Gotenkönigs mit der Römerin!«

Und so geschah's, daß auch gotisch Blut überging in das Mischgeschlecht der Gaudiosi.

VI.

Vierzig Jahre später war's: drei Sohne waren Magnus nachgefolgt: Aulus, Cajus, Lucius: dieser letzte, noch ein Kind, blieb in der Obhut der Mutter zu Arles, während die beiden älteren von Aëtius zu dem Heer aufgeboten wurden, das neben den Westgoten dem furchtbaren Attila entgegenzog, dessen Scharen bereits den ganzen Nordosten von Gallien überflutet hatten: die rauchenden Trümmer von Metz, Reims, Châlons und Sens bezeichneten seinen Weg: im Mai langte er vor der starken Festung Orleans an: er verlangte die sofortige Übergabe, sonst werde nach dem Sturm alles Leben in der Stadt ausgetilgt.

Aber die Verteidigung leitete der ausgezeichnete Bischof Anian: er war von Arles zurück, wo er sich von Aëtius auf die Reliquien und von dem Westgotenkonig Theoderich auf das Schwert hatte eiden lassen, allerspätestens am Tage Johannis des Täufers – dem 24. Juni – würden sie mit ihren Heeren zum Entsatz von Orleans eintreffen. Mit diesem Versprechen hielt der Bischof immer wieder den Mut der hart bedrängten Verteidiger aufrecht, unter denen nach der Einschließung von sechs Wochen Hunger und Seuchen wüteten. Immer sehnsüchtiger sahen die Wächter von den Türmen über die Zelte der Hunnen hinweg nach Südwesten aus: keine Staubwolke, kein Tubaton, kein Schlachtruf verkündete das Anrücken des Entsatzheeres der Römer und Goten.

Der Tag Johannis des Täufers war herangekommen: die Senatoren der Stadt, die Geistlichen, auch die Befehlshaber der wenigen Kohorten erschienen um Mittag in dem Hause des Bischofs und erflehten auf den Knien die Übergabe der Stadt: längerer Widerstand sei unmöglich, zwei Breschen klafften in den Mauern auf der Ostseite und die Hunnen hatten den Brückenkopf im Süden der Loire genommen.

Die Vorräte reichten kaum mehr für den nächsten Tag.

Da sprach der fromme Bischof, den Finger mit dem Fischerring erhebend: »Und wahrlich, wahrlich, ich sage euch: die fromme Stadt des heiligen Johannes, dessen Fest wir heute feiern, – wird nicht fallen in die Hände der Heiden: heute Nacht ist mir der Heilige erschienen und hat mir auf der Legionenstraße von Tours her die heranziehenden Befreier gezeigt. Geht in seine Basilika, betet inbrünstig auf den Knieen und kommt in einer Stunde wieder: ich besteige den Glockenturm der Basilika: er überschaut so hoch die Türme der Wälle als die heilige Kirche die Reiche der Welt überragt. Dort sucht mich auf nach einer Stunde.«

Und nach einer Stunde kamen sie wieder, die Vertreter der Stadt: keuchend, mit Verzagen stiegen sie zu dem Bischof empor. Der hatte – er war alt und schwach das Licht seiner Augen – von Viertelstunde zu Viertelstunde einen jungen Diakon gefragt: »Mein Sohn, siehst du nichts auf der Legionenstraße?« Und kopfschüttelnd hatte der jedesmal traurig erwidert: »Herr, ich sehe nichts.« Als nun die Verzweifelten in der Turmstube sich vor dem Bischof zu Füßen warfen, sprach der befehlend: »Schau hinaus, mein Sohn, gen West: – ich sage dir: – du siehst etwas!«

Der hielt die Hand vor die Augen – denn die schon sinkende Sonne blendete von Westen her – und spähte lange scharf: dann rief er plötzlich: »Ja, Herr! Ich sehe Staub aufwirbeln. Immer näher! Schon blitzen Waffen! Es sind ein paar Reiter.«

Der Bischof und alle Häupter der Stadt eilten hinab an das Westtor. –

Einstweilen waren die Reiter in das Lager vor der Stadt gelangt: ach, Hunnen waren's und zwei römische Gefangene! Sie wurden vor Attila geführt: da erschraken die beiden Römer bei dessen Anblick: der jüngere sank in die Knie: es war ein weicher Jüngling, nur ungern war er dem Heergebot gefolgt. Der ältere riß ihn unsanft auf: »Knien vor dem Tyrannen, dem Barbaren!«

Attila raunte erst hunnisch mit seinen Hunnen: dann sprach er zu den Gefangenen: »Ihr geht jetzt vor das Loiretor und bezeugt dem Bischof, daß das Entsatzheer geschlagen und entflohen ist auf Nimmerwiederkehr. Sagt ihr andres, – schaut dorthin! – pfählen laß ich euch wie die dreißig germanischen Verräter, die dort hängen und stecken.«

Cajus schaute hin, schrie auf vor Entsetzen und schlug die Hände vor die Augen. Die Hunnen rissen die beiden hinaus und an das Loiretor, auf dessen Zinnen der Bischof und die Senatoren standen:

»Jetzt gebt das befohlene Zeugnis,« rief einer der Hunnen auf Lateinisch. Aber beide schwiegen.

Da schlug der Hunne – mit der neunsträngigen Geißel – jeder Strang lief aus in eine Eisenkugel – Cajus über das Gesicht und schrie: »Gib Zeugnis oder – sieh dort die Pfähle!«

Da erschrak der Jüngling und rief zu den Männern auf den Zinnen empor: »Ergebt euch! Das Entsatzheer ist geschlagen und entflohen.« Da ergrimmte Aulus und schrie: »Nein! Er lügt, der Feigling! Die *Hunnen* sind geschlagen: – wir – gleich im Anfang des Gefechts ergriffen – sind ihre einzigen Gefangenen: – Römer und Goten ziehen in Eile heran – gleich müssen sie hier sein! Harret aus.«

Es war sein letztes Wort: der Hunnenführer, vom Jähzorn fortgerissen, stieß ihm den Dolch in die Kehle, ebenso Cajus, wandte sich und eilte zu Attila ins Zelt. Der befahl den Rückzug: denn schon fluteten seine geschlagenen Reiter in Auflösung von Westen her ins Lager herein, schon hörte man in der Ferne die gotischen Hörner und den Tubaruf der verfolgenden Sieger. Schleunig zogen die Belagerer ab gen Nordosten – auf Châlons.

Bischof Anianus aber und seine Geistlichen oben auf den Zinnen stimmten psallierend einen Dank-Hymnus an: es war aus dem Psalm 27: »Wenn sich schon ein ganzes Heer wider mich leget, so fürchtet sich dennoch mein Herz nicht; wenn sich Krieg wider mich erhebt, so verlasse ich mich auf den Herrn!«

Und der Bischof beschloß, dem »Retter der Stadt«, Aulus Gaudiosus, ein Grabmal im Vorhof der Basilika des Heiligen zu gewähren; der jüngere Bruder ward eingescharrt, wo er gefallen war.

Aber ein paar Tage darauf ließ der fromme Bischof auch seine Gebeine in geweihter Erde kirchlich bestatten: »Mir ist in dieser Nacht,« sprach er, »die Seele des Erretters erschienen und hat zu mir gesprochen: ›Richtet nicht, auf daß ihr nicht gerichtet werdet. Ich hab' ihn frei gebeten bei den Heiligen: so mögen auch die Menschen ihm vergeben: denn das Fleisch ist schwach‹.«

VII.

Etwa hundert Jahre später war Clemens, ein Nachkomme des Knaben Secundus, zu voller Mannesreife gediehen und hatte sich aus den schönen Arleserinnen, die an Antlitz und Gestalt ihre Herkunft von der Zeustochter Helena heute noch bekunden, eine der allerschönsten zum Weib erkoren: Hermione hieß sie und wie Musik umflutete hoheitvolle Anmut all' ihr Wesen: »Die Frau Königin« nannten sie sogar – die Nachbarinnen.

Clemens überließ die Bewirtschaftung der Villa Gaudiosa dem älteren Bruder Paulus und folgte seiner Neigung zum Lernen, bald zum Lehren, In der Rhetorenschule zu Arles, dann in der höher gewerteten zu Bordeaux lernte er zuerst und lehrte dann Grammatik und Dialektik. Am mächtigsten zogen ihn philosophische Fragen an: doch wenig Befriedigung gewährten ihm die Antworten seiner Lehrer: über das schulmäßig Hergebrachte ging deren Weisheit nicht hinaus: fragte der »übereifrige« Schüler und bald Amtsgenosse und Mitwerber nach ihrer Ansicht vom Willen und der Allwissenheit Gottes und deren Verhältnis zu dem freien Entschluß des Menschen, nach der Rechtfertigung der Leiden des guten, des Triumphes des bösen Menschen, so verwiesen sie ihn an die Theologen: – und diese verwiesen auf die Unerforschlichkeit der Wege Gottes und auf den Ausgleich im Jenseit.

Clemens fand darin wenig Befriedigung. Sein Glück war seine edle schöne Frau und deren Liebe: sie mußte ihn überallhin begleiten, wohin er reiste, zu lernen und zu lehren: Kinder hatten sie nicht: so ging beider Leben ungeteilt ineinander auf: ihre Harmonie war vollkommen. Da erhielt Clemens in Tours, wo er Grammatik lehrte, – der gute Bischof Gregor, der sich einer Nachhilfe hierin ziemlich bedürftig fühlte, hatte ihn dorthin eingeladen – ein Schreiben des Königs Chilperich aus Paris, der ihn dorthin entbot als Mitarbeiter, wie er sagte: denn er habe ein paar neue Buchstaben für das lateinische Alphabet erfunden und wolle sich mit dem »berühmten Grammatiker von Arles« über deren Berechtigung, ja Notwendigkeit besprechen.

Frau Hermione pflegte nicht bei solchen Entscheidungen mit zu reden: aber sie konnte diesmal die Freude des Gatten nicht teilen:

»Paris?« meinte sie beklommen. »Der Hof des roten Chilperich und seiner ... Nun, man nennt sie nicht gern! Frage doch den trefflichen Herrn Bischof. Sein Latein, klagst du, ist noch immer schlecht ...«

»Gestern 64 Fehler in einem Predigt-Aufsatz!«

»Aber sein Herz ist gut ...«

»Ja, das – nicht sein Latein! – gehört noch der ›goldenen Zeit‹ an. Ich werd' ihn fragen.«

Befragt lehnte Herr Gregor den gutmütigen Kopf auf beide Hände: die Arme hatte er auf den Tisch gestützt und das Schreiben des Herrn Chilperichs dazwischen gelegt: »Hm,« meinte er, »lieber Sohn, das ist so eine Sache. Ich für meinen Teil bin immer froh, wenn ich nicht zu Hofe muß – wenigstens nicht an den Hof der ... nun, der Frau, die man nicht gern nennt. Anderseits, die Weigerung, – das ist auch so 'ne Sache. Schon um geringerer Weigerung willen ist Herr Chilperich oft gar böse geworden. Oder noch böser als er immer ist! Aber schließlich: – in Staatsgeschäfte wirst du dich nicht mischen?«

»Schwerlich,« lächelte der Grammatikus.

»Und überall stehen wir in Gottes Hand. Geh' denn mit Gott, mein Sohn.«

Und Clemens reiste mit Hermione nach Paris, als Gäste des Königs gar bequem, ja vornehm befördert und begleitet. Sie wurden untergebracht in dem Palatium, das einst Julian bewohnt: jetzt heißt es dort Musée de Cluny. Aber der König wohnte in dem neuen Palatium an der Seinebrücke.

Dorthin ward der Grammatikus abgeholt zu den Unterredungen mit dem königlichen Schüler.

Am vierten Tage kam der mit brennrotem Kopf zu dem Mittagmahl, das er stets mit seiner Gattin allein einnahm.

»Was hast du, Lieber?« fragte diese, den seelendurchbohrenden Blick der grauen Augen auf ihn geheftet.

»Was ich habe? Ärger hab' ich. Aber zugleich Freude. Ärger über mich und Freude an einem andern. Ärger über mich: denn mit meinen neu erfundenen vier Buchstaben – du weißt? dem langen *ó*, *omega*, dem *the*, dem *ae* und *vi* ...«

»Ich weiß! Du sprichst Nachts im Schlaf davon!«

»Nichts ist's damit! ›Überflüssig sind sie, verwirrend und schädlich.‹ Höre nur: überflüssig, verwirrend und schädlich!«

»Wer hat das zu sagen gewagt? – Dir!«

»Ja, gelt, du staunst? Ich staunte auch. Ein Kerlchen, nicht länger als ich selbst. Ein Schulmeister aus Arles. Denke nur! Und als ich ihn anfuhr, lächelte er und sprach: ›Der König steht nicht über der Grammatik wie nicht über dem Gesetz, sondern unter beiden.‹«

»Der Rebell!«

»Ja, aber der Mut des Professorleins hat mir gefallen. Und dann – dann hat mir noch was gefallen.« Er beugte das Gesicht auf den Teller und schien eifrig bemüht, aus dem Seelachs Gräten zu ziehen, die gar nicht darin waren.

Sie aber hielt inne, das silberne Messer in der Hand, und vorgebeugt fragte sie lächelnd: »Nun, wer hat dir gefallen?«

Er lachte hell auf: »Gut getroffen! Ja, es war kein ›was‹. Ihn abzuholen – nach der dem König erteilten ›Lektion‹ – war seine Frau gekommen: sie ging vor dem Palasttor auf und nieder: da ich nun ausritt, sah ich sie beim Aufsteigen. Das Weib – es ist aus Arles! – ist einfach ein Wunder! Ein Wunder, sag' ich dir, Gundelchen!« Und er tat einen tiefen Trunk des dunkeln, schweren Rhoneweins und schnalzte leise mit den Lippen. »Ein Wunder.«

So? – –«

»Weißt du, etwas Königliches, wie von Königen – nicht aus armem Plebs – entstammt.«

» *So?*«

» *Für* den Purpur – man meint, *im* Purpur geboren.«

» *So?*«

»Wie soll ich sie schildern? Sie hat was von Frau Brunichildis, der gebornen Königstochter.«

» *So?*«

»Weißt du, – ich könnte sie malen! – ihre Gestalt ... – aber bei Sankt Martin! – ich brauche sie nicht zu malen. Schau, da zum Bogenfenster hinaus – dort am Seine-Ufer, wo die Barken liegen, da geht sie, Hand in Hand mit ihrem Schulmeister. Gott, wie kommt der Pedant zu diesem Götterweib! Siehst du sie?«

»Ich sah sie,« sprach die Königin ruhig.

Sie war wie eine schnellende Schlange an das Bogenfenster gefahren und ließ sich nun wieder, das rote Haar aus den Schläfen streichend, neben dem Gatten nieder:»Ein wenig zu groß. Aber schön.«

Als am andern Mittag Clemens endgültig entlassen und reich beschenkt von der Lehrstunde in seine Wohnung zurückkehrte, verließen den Vorgarten zwei wüstblickende Männer, Stricke in den Händen.

»Das ist der Ehemann,« flüsterte der eine.

»Schad' um sie,« meinte der andre. »Hätte sie nur noch einmal die Augen aufgeschlagen, – hätt' ich den Strick nicht zuziehen können.«

Hermione lag auf dem Estrich: erwürgt – Clemens stürzte ohnmächtig neben ihr nieder.

Er erwachte, als er weit unterhalb Paris von den zwei Männern, die gerudert hatten, aus einem Seineboot gerissen und an das Ufer geworfen ward.

»Kehrst du zurück, bist du des Todes!« riefen sie, sprangen in den Kahn und ruderten zu Berg.

Er kehrte nicht nach Paris zurück, aber auch nicht nach Tours oder Arles. Er verkroch sich in eine Höhle bei Rouen. Die Bauern der Nachbarschaft sagten:»Er ist ein frommer Einsiedler, man muß ihn speisen.« »Nein,« sagten die andern, »er hat einen Dämon: denn er redet wirr: er kann nur eines sagen: ›Hermione erdrosselt. Es ist kein Gott.‹ Man muß ihn totschlagen.« »Nein, man muß den Bischof rufen, den Dämon auszutreiben.«

Aber bevor der kam, war Clemens tot.

VIII.

Und aber nach mehr als zwei Jahrhunderten geschah's, daß Herr Karl, den man den Großen nennt, aber den » *ganz* Großen« nennen sollte, mit gewaltigem Heer durch Südfrankreich gezogen kam, über die Pyrenäen nach Spanien hinabzusteigen, auch dort die den Christen feindlichen Heiden zu bekämpfen.

Es sollte der einzige Feldzug werden, der dem auch als Feldherr – und vielleicht gerade am meisten als Feldherr – ausgezeichneten Manne mißlang.

Er hatte die ganze Streitmacht, alle Stämme des Reiches aufgeboten. Bald nach Ostern (19. April a. 778) erreichte er mit dem gewaltigen Heere Arles: hier ward vor dem Überschreiten des Rhone eine Woche Rast gemacht, das Eintreffen eines zweiten Heeres zu erwarten, das aus den überrheinischen Landen aufgebannt war.

Die Stadt und alle Villen um sie her hatten starke Einquartierung erhalten: auch Villa Gaudiosa: zu äußerster Ergötzung der zahlreichen Knaben des Hausherrn Lucius, der immer seine Not hatte, die wilden Buben in Zucht zu halten: jetzt aber waren sie kaum von den Rossen und Reitern hinweg und in die städtische Schule zu bringen. Zumal der Zweitgeborne, Hilaris, – 15 Jahre alt – war dem Vater allzu lebhaft: und doch war gerade der des Vaters wie aller Leute Liebling.

So auch der beiden vornehmen Paladine, die mit ein paar Reitern in der Villa eingelagert waren: vergebens bat der Vater die Herren, den unnützen Buben, der nicht von ihrer Seite wich, unerschöpflich an Fragen, fortzujagen. »Laßt ihn nur, und geht an Eure Rebarbeit« lachte der kleinere der beiden, »er gefällt uns gar gut, nicht wahr, Freund Roland?«

»Gewiß,« rief der andre – eine hochragende Heldengestalt – und fuhr dem Jüngling über das braunlockige Haar. »Er hat so fröhliche Augen. Am liebsten nähme ich ihn mit über die Berge ins Feld als meinen Schildträger. Da, versuch einmal, ob du ihn schleppen könntest.«

Heißgierig sprang Hilaris herzu, ergriff mit beiden Händen die wuchtige Erzscheibe, die an einer Säule des Atriums hing und streifte sie über den linken Arm, fest den vorderen, den »Faustbügel«, fassend. »Ist ja ganz leicht,« jubelte er, »geb' ihn gar nicht mehr her.«

»So?« lächelte der Ältere. »Wirst doch den Herrn Markgrafen nicht schildlos unter die Heiden fahren lassen?«

»Ein Markgraf seid Ihr? So schaun die aus?« staunend sah der Junge zu ihm empor. »Welcher Mark?«

»Der Bretonischen, wo die Feen und die Nachtigallen wohnen,« erwiderte Roland.

»Da möcht' ich gleich hin! Und Ihr, Herr, wer seid Ihr?«

»Oliver heißt er,« antwortete jener an des Gefragten Statt, »und ist des Herrn Königs weisester Pfalzgraf und Vasall.«

»Herrn Roland schau dir nur recht an: der ist, so singen und sagen schon jetzt die Leute, Herrn Karls Schwert.«

»Das muß wahr sein, aber Oliver ist mein Gedanke,« sprach da eine tiefe Stimme und den Außenvorhang des Atriums schlug zurück, hereintretend, ein Gewaltiger: tief neigten sich die Paladine: Hilaris starrte zu dem sieben Fuß Langen hinauf mit weit offenen Augen: »das ... das ist der Herr König« brachte er endlich heraus: »aber er ist ja gar nicht von Eisen, wie die Bänkelsänger rühmen.«

Der König lachte: »Ich hab' das Eisen inwendig, – Ich mußte doch nachsehn, wie mein Schwert und mein Gedanke untergebracht sind: ganz gut, scheint's. Aber sag', Bub, da im Garten, hinter dem Hans hervor, hörte ich ein Durcheinander von gar vielen Vogelstimmen – hört ihr? sie schallen bis hier herein! – Horch: Amsel, Schwarzmönch, Rotkehlchen, Blaukehlchen, Grasmücke, – zwei Arten! – Fink, Zeisig, Stieglitz.

»Wie Ihr sie alle kennt!« staunte der Knabe. »So ist's wahr, daß Euch der Ring Salomonis aller Vögel Sprache verstehen gelehrt hat?«

»Ist leichter als der Menschen! Vöglein lügen nicht. – Du hast wohl die ganze Gesellschaft beisammen? Ich will sie mir ansehn.«

»Kommt nur mit, Herr König!« Schon sprang er die Vorstufen hinab. Karl folgte.

»Der Bub hat Glück, 's ist des Herrn liebster Zeitvertreib,« meinte Roland. »Und zumal Frau Hildigardens! In jeder Lieblingsvilla ließ sie solch ein Aviarium anlegen,« schloß Oliver, ihm folgend.

An der sonnigen Seitenwand der Villa war ein hoher Flugkäfig von Drahtgitter angebracht, in dessen Myrten- und Taxus-Büschen sich eine Menge Vögel tummelte. Karl stand davor und nickte wohlgefällig mit dem Haupte: »Das laß ich mir gefallen. Sind gut gehalten. Keine Quälerei. Auch rinnend Wasser haben sie. Und weißen Sand. »Aber,« fragte er, »vertragen sie sich denn?«

Der Jüngling schüttelte den Kopf: »Nicht immer, nicht in der Werbezeit der Männchen. Und nicht alle. Zumal nicht die Sänger untereinander!«

»Ja, ja, wie bei den Menschen,« meinte Herr Karl. »Wenn doch nur meine Hildigard das sehen könnte. Hat solche Freude dran, die kindjunge Frau!«

»Sie soll gar schön sein, die Frau Königin, sagt man?«

»Da sagt man recht!«

»Ja, warum habt Ihr sie dann nicht mitgenommen?«

Karl lachte: »Du fragst nicht dumm! Ich hab' sie mitgenommen, so lang sie reisen konnte: bis an den Clain, bis Cassinogilum: dort wartet sie einer schweren Stunde. Sie schreibt in ihrer Einsamkeit gar traurige Briefe,« sprach er zu den beiden Helden gewendet.

»Traurig ist sie?« rief da Hilaris. »Ei, da wollen wir ihr eine kleine Freude machen: – mit meinen Vögeln da.«

Erfreut sah ihm der Herr in das Gesicht: »Ei! ein hübscher Einfall. Gut! Ich kauf sie dir ab. Was kosten sie?«

Da fuhr der Knabe auf und schüttelte die Locken: »Nein, Herr König. Meine Vögel sind mir nicht feil. Aber ich *schenke* sie der Frau Königin: soll sie doch so gut wie schön sein.«

»Das ist sie!« sprach Herr Karl gerührt.

»Der geriebenste Höfling,« meinte Oliver, »könnte sich nicht geschickter einschmeicheln als dieser dumme Bub.«

»Bin gar nicht so dumm, wie Ihr meint. Sollt's gleich erleben! Herr König, verkaufen tu' ich meine Vöglein nicht. Aber ein Gefallen ist des andern wert, nicht? Ja? Wohlan, so tut mir auch einen: laßt mich mit zu Felde zieh« – mit diesem Markgrafen hier: zu dem und seiner Kraft hab' ich Vertrauen.«

»Hast alle Ursach,« lächelte der König. »Willst ihn mitnehmen, Neffe?«

»Gern! Hab ihn lieb gewonnen, den Fratzen, in diesen Tagen. Aber sein Vater ...?«

»Mit meinem Vater muß der Herr König reden! Das hilft gewiß.«

»Hoffentlich!« lachte der und schlug ihm auf die Schulter.

Und es half.

Der Vater entschloß sich zwar schwer seinen Liebling herzugeben, aber der Markgraf versprach, ihn getreulich zu schützen im Kriege. »So lang ich den Schild da halten kann, geschieht ihm nichts zu leide«, lachte er – und da der König für ihn am Hofe zu sorgen versprach im Frieden: so wollte Lucius dem Knaben einen glanzvollen Weg nicht versperren und ließ ihn ziehn.

Er sollte sie nicht wiedersehn, die fröhlichen Augen!

Die politischen Voraussetzungen des Feldzugs waren irrig: deshalb mußte er scheitern. Die arabischen Emire und Scheichs, die vor Jahr und Tag sich gegen Abderrahman, ihr Oberhaupt in Spanien, empört und Karls Hilfe angerufen hatten, waren zum Teil reuig zu jenem zurückgetreten, zum Teil untereinander in Kampf geraten. Vor allem die Christen auf der Halbinsel, deren eifrigen Anschluß man als sicher vorausgesetzt hatte, sowohl die Asturier wie die Basken erwiesen sich als höchst feindlich: gleich die erste Stadt auf dem Weg in das Innere, Pampelona, mußte erobert, Saragossa konnte nicht bezwungen werden. Schweren Heizens befahl Karl den Rückzug.

Roland erbat sich die gefährlichste Aufgabe, in den schlimmen Felsenpässen der Pyrenäen die Nachhut zu befehligen: er bestand darauf, Oliver müsse den Schutz des Herrn selbst übernehmen: doch teilte der ihm erlesene Scharen, bergkundige Bayern und Alamannen, zu und hervorragende Helden, wie den Seniskalk Eggehard, Rolands Freund, den Grafen Anshelm, die Bayern Hachiling vom Isargau und Fagano vom Chiemgau.

Heiß brannte die Mittagsonne des 15. August von dem wolkenlosen, tief dunkelblauen Himmel auf die nackten, kahlen Porphyrwände auf der linken, der Nordseite des nach Osten gerichteten Zuges: als der mit seinen vordersten Spitzen die Schlucht von Ronceval – »Roncesvalles« – erreicht hatte, erkannte Roland sofort die Gefährlichkeit dieser Strecke: denn hier versagten auf der rechten, der Südseite, plötzlich für eine ganze Viertelstunde die schirmenden Felsen: dicht neben dem nur pferdbreiten Felssteig gähnte der »schwindelnde« Abgrund, senkrecht abfallend, nochmal so tief als auf der Linken, im Norden, die steilen nackten Schroffen gen Himmel ragten: brausend brach sich in der Sohle des Abgrunds die reißende Malsanna durch Felstrümmer Bahn nach Osten.

Roland und Hilaris und ein paar Reisige bildeten den Schluß des langen, langen Zuges.

»Jung Hilaris,« sprach jener nach einem besorgten Blick nach oben, nach der Krone der Felswände links, sich im Sattel rückwärts wendend: »ich wollte, du wärst bei deinen Vögelein und Frau Hildigard daheim. Wenn sie uns *hier* anpacken – gerade hier ...!«

»Bah,« meinte Hilaris, sein Maultier antreibend, das stets haarscharf am Abgrund hin einen Fuß vor den andern setzte, »freilich, wenn der Himmel einfällt, schlägt er alle Schwalben tot.«

»Da! Er fällt aber ein!« rief Roland und sprang ab: dicht vor ihm war ein mächtig Porphyrstück von der Wandkrone herabgestürzt: zwei Reiter und Rosse riß es krachend in den Abgrund. Zugleich gellten hinter ihnen im Westen und vor ihnen im Osten die schrillen Kriegspfeifen der Basken.

»Vorwärts!« befahl der Markgraf. »Alles nach vorn! Zu Herrn Karl, von dem sie uns absperren wollen. Nach vorn! Laßt hier fallen was fällt.«

Alle Reiter sprangen ab und drängten, die Gäule führend, nach vorn.

Aber ach! Von der Felswandkrone links im Norden drohte das ärgste Verderben: – unabwendbar. Man sah gar die Feinde nicht, die unaufhörlich Felsstücke auf die gedrängt Hastenden herunterschleuderten. Ein solcher Block riß die beiden Bayern Hachiling und Fagano zusammen hinunter in den Abgrund.

»*Wir müssen* durch! Komm, Bub! Laß die Tiere stehn!«

Und mit Macht drängten beide nach Osten, über Tote und Verwundete hinwegsteigend und springend. Ach, sie kamen nicht weit! Ein Hügel von Leichen sperrte bald hoch und weithin den Pfad: mit Gram, mit Zorn gewahrte der Markgraf darunter zwei Freunde, Herrn Eggihard und Herrn Anshelm.

Er hatte nicht Zeit zu trauern: denn jetzt waren sie von den Asturiern und Basken im Rücken von Westen her erreicht: die Franken fielen gar rasch einer nach dem andern, jetzt schon viel mehrere durch die Wurfspeere von rückwärts als durch die Felstrümmer von oben. Da gebot Herr Roland dem Knaben: »Gib mir Olifant, mein Horn. Herr Karl kennt den Ton: vernimmt er ihn, kehrt er um: er läßt mich nicht im Stich!«

Und er blies einmal, zweimal mit Macht.

Weit, weit voran zog Herr Karl Tenzendur, seinem stahlgrauen Roß, den Zügel: »Horch, Oliver, hörst du nichts?«

»Doch, Herr König: ich meine, so ruft Olifant.«

»Bah,« sprach Ganelon von Mainz, der Verräter, Herrn Rolands ruhmneidischer Feind, »das war des Adlers Schrei dort hinten auf dem Fels.«

Da fiel hinter Hilaris auch der Alamanne Lantfrid, der bisher den Feind im Rücken gehemmt. Nun stieß Herr Roland zum dritten Mal ins Horn – zum letzten Mal: denn er blies, daß es zersprang. Er warf es in den Abgrund.

»Nun geht's zum Ende, Bub. Tritt hinter mich.«

Aber der blieb vor ihm stehen wo er stand.

Jetzt waren sie heran: zehn, zwanzig, dreißig Feinde: die vordersten knieten und warfen, die hinteren über ihre Schultern weg.

»Zurück doch, Bub!« Gebot der Markgraf und hielt den Schild über Hilaris. Da flogen sechs Speere auf einmal: die gute Erzplatte erdröhnte: sie sing vier davon: aber der Held konnte die Last nicht mehr halten, er ließ sie fallen. Hilaris fing sie auf, kniete vor den Herrn und hielt den Schild aufrecht mit zwei Händen vor dessen Brust.

»Willst *du* nun *mich* beschilden!«

Da flogen nochmal sechs Speere: beide fielen.

Über sie hinweg nach vorwärts sprangen die Verfolger. Aber deren Führer, König Alfons von Asturien, beugte sich über die Toten: »Das war Roland, der größte Held der Franken: ich kenn' ihn. Begrabt ihn mit Ehren. Und daneben seinen Schildträger: denn der war treu.«

IX.

Und mehr als 400 Jahre waren vergangen seit dem heißen Augusttag von Ronceval.

Die Leute an dem Rhone sprachen nicht mehr Vulgärlatein, sondern provençalisch. Den lateinischen Namen Gaudiosus, den sie nicht mehr verstanden, hatten sie, ungefähr sinnentsprechend, verwandelt in *gay, le gay*, der Heitere. Keiner von diesen hatte den Rittergürtel erworben: sie waren Ackerbürger bei Arles geblieben, aber persönlich vollfrei auf eigner Scholle.

Daran hatte es auch nichts geändert, daß sie im Laufe der Zeiten, von Krieg und mancher andern Not bedrängt, den Schutz eines benachbarten Adelsgeschlechts gesucht hatten, das sie, gegen einen mäßigen Jahreszins an Wein, zu schirmen hatte. Es waren die *Seigneurs de Cavaillon et Haut-Alion*, die von Geschlecht zu Geschlecht mit tapferem Schwert feinen Sinn und feine Sitte, ein gütevolles Herz und Freude an der »*gaya sciencia*«, der frohen Kunst von Sang und Dichtung, verbanden. Schon manches Glied des Hauses hatte dessen Namen berühmt gemacht unter den »Trouvères«, den »Trovatores« und an den »*cours d'amour*«, seit die Provence von deren süßen Weisen widerklang. Manch schönes Band von Huld und von Dankbarkeit hatte sich im Lauf der Geschlechter um das Manoir d'Alion auf dem Hügel und das Winzerhaus im Rebenthal bei Arles geschlungen. Die heranwachsenden Töchter und Söhne der Le Gay waren gern gesehene Gäste in dem Schloß, wo sie im Dienst der Châtellline und der ritterlichen Herren feinere Lebenssitte und weitere Kenntnisse lernten als sonst die »*vilains*« erreichten.

Und als auf einen der Jünglinge, Gaston, den Sohn des Marc le Gay, die Begabung jenes Ahnherrn Secundus, des Schülers des Ausonius, für Poesie vererbt schien, da traf es sich gut, daß gleichzeitig in Guy, dem Burgherrn, einer der gefeiertsten Troubadours des ganzen Rhonelands erstand.

Der Seigneur nahm den »*gars*« aus dem Vaterhause ganz zu sich in das Schloß hinauf und behielt ihn als Harfenträger, der zuweilen den Liedvortrag des Herrn zu begleiten hatte und auch selbst manche wohlgereimte »Sirvente« zu dichten lernte. Heiß war der Dank des nun Zwanzigjährigen, der den geliebten Herrn auf seinen häufigen Sängerfahrten zu den sangesfrohen und glänzend gastfreundlichen Burgen und Schlössern begleitete, die reich gesät von dem Rhone bis an den Fuß der Pyrenäen lagen, in ihren weißen Marmor- und rotbraunen Porphyrmauern wie Perlen und Rubinen über das smaragdgrüne Wiesen-, Reben- und Oliven-Land verstreut.

Rittertum und Sangesfreude und Damendienst und glänzendster Lebensgenuß verbreiteten den Ruhm der Provence weithin wie nach Aragon und Kastilien so nach dem Nordosten an den Hof der Capetinger nach Paris, die mit habgierigen und herrschsüchtigen Augen nach dem reichen Südland ausspähten, das sich seit lange den Königen von Frankreich entzogen hatte und der Selbstverwaltung seiner Städterepubliken und uralten, meist schon iberischen, nicht erst keltisch-römischen, Adelsgeschlechter erfreute.

Wenig ahnten diese frohlebigen Menschen, welch furchtbares Verderben plötzlich über sie hereinbrechen sollte.

Zumal auf dem Manoir d'Alion schwangen sich damals Glück und Glanz auf die sonnigsten Gipfel, als der Seigneur die wunderschöne Aladaidis de Trenkabel, *la belle albigeoise*, in das von Rosen verhüllte altersgraue Tor des Schlosses eingeführt hatte.

Die zwanzigjährige Chatelaine in ihrem goldbraunen Gelock galt als die erste Schönheit der Provence und, ritt sie auf dem weißen Zelter neben ihrem in vollster Manneskraft strotzenden Gemahl, so blieben die Leute von Arles bis Bayonne bewundernd auf den Straßen stehen.

Im zweiten Jahre der Ehe hielten die Gatten einen »Liebeshof« zu Alion, der an Pracht der Feste, an Schönheit der Damen, an Liedeskunst der Trouvères alles Bisherige überstrahlte: nach dem einstimmigen Urteil der berühmtesten Troubadoure, Guilhem de Cabestanh, Peire Vidal und Raimond von Miraval, erhielt der Hausherr für sein glühendes Werbelied in Brief-Form, eine reimreiche »Letra«, den ersten Preis, einen schlichten Olivenkranz –: er hatte selbst die Spenderin wählen dürfen – aus der Hand Aladaidens. Und in der Halle der Garzuns trug Gaston den ersten Preis unter dreißig für eine schöne »Alba«, ein Tagelied des Wächters, davon. Aber auch bei den kriegerischen Spielen der Knappen und Servitore im Schloßhof gewann er im Pfeilschießen den zweiten und im Schleuderwurf gar den ersten Preis. Denn als Knabe hatte er die Schafe des Vaters gehütet und gar oft den Adler, der kreisend über der Herde schwebte, im Flug mit der nie fehlenden Steinschleuder hoch aus der Luft herabgeholt. Das war der höchste Tag von Alion.

Bald nach den Gästen verließen die Gatten das Schloß: – auf unbestimmte Zeit: die Eltern der Châtelaine und die ungezählten vervetterten und verschwägerten Geschlechter im ganzen Südland auf den vielen im Lied gefeierten Schlössern hatten sie zu langem Besuch geladen: den Troubadour lüftete nach neuen Kränzen für sich, mehr noch nach der Anerkennung seines jungen Weibes als der »Rose der Provence«. Auch wollte das Paar nun geraume Zeit auf dem Stammgut, der viel bedeutenderen Besitzung, Schloß Cavaillon, verleben. Er übertrug Gaston – trotz seiner Jugend – die Verwaltung und Obhut des Manoirs und als der bescheiden, so viel Vertrauen anzunehmen, zögerte, reichte ihm die Châtelaine die weiße schmale Hand zum Kuß und sprach »Du bist – ich weiß – uns treu bis in den Tod.«

Da kniete er nieder, berührte die Hand leis mit den Lippen und sprach: »Das bin ich.«

Und Jahre vergingen.

Wenig vernahm Gaston von seiner Herrschaft. Man schrieb damals – außer ungezählten Liebesbriefen in Versen und in Prosa – nicht mehr Briefe als nötig. Lange Zeit hatten die Antworten auf die Berichte des Verwalters aus Alion nur eitel Glanz und Glück zu melden.

Dann blieben die Antworten ganz aus.

Dunkle Gerüchte, von unglaubhaften Dingen, – von unmöglichen, so schien es –, gelangten durch Flüchtlinge aus dem Westen bis über den Rhone, nach Arles und Alion. Der Jüngling glaubte wenig den Erfindungen, wie er schalt.

Aber plötzlich, in einer wilden Sturmnacht des Frühsommers, weckte ihn in seinem Turmgemach ein wohlbekannter, obzwar lange, lang nicht mehr gehörter Ton: der Ruf eines Horns, der, ob vom Sturm zerrissen und verweht doch immer näher drang: er sprang auf vom Lager: »Der Herr! Das ist das Horn des Herrn. Sein Notruf!«

Alsbald eilte er mit einem Fackelträger aus dem Tor auf den Rennweg, der vom Fluß auf die Burg führte: das Licht einer emporsteigenden Fackel zeigte eine Tragbahre, die von vier Reisigen langsam, langsam bergan getragen wurde: oft ertönte aus den Decken der Bahre ein Schmerzensschrei: das Horn war verstummt.

»Seigneur!« schrie Gaston, entsetzt in das edle, aber leichenfahle Antlitz leuchtend. »Teurer Herr! Was – was ist mit Euch?«

»Ich sterbe.«

»Da sei Gott vor! – Und die Herrin? Wo ist sie?«

»Im Himmel.«

»Tot!«

»Ja! Ermordet. Lebendig verbrannt. Ah!«

Der Wunde sank zurück. Die Sinne vergingen ihm.

Er fand die Sprache erst wieder, als er in der großen Halle neben einem lodernden Herdfeuer auf das Ruhebett gelagert war. Gaston kniete an seiner Seite.

Der Ritter schlug die Augen auf und begann mit matter Stimme: »Ja, das ist meine Halle, so darf ich auf eignem Boden sterben. Höre! ich habe nicht viele Worte mehr. Du hast vernommen von dem neuen Glauben, der aufgekommen ist im Albigeois?«

»Jawohl! Sie glauben an den heiligen Geist, den Tröster, den Paraklet. Und verwerfen den Papst in Rom. Es sollen aber doch gar gute, reine Menschen sein.«

» *Sie* – sie selbst! – trat ein in diese heilige Gemeinschaft. Und zog mich mit hinein. Aber Papst Innocens hat uns verflucht und das Kreuz gepredigt gegen uns – statt gegen die Heiden. Ein Kreuzzug – Mörder und Räuber! – aus allen Reichen des Abendlandes – wohl hunderttausend – sind aufgeboten gegen unser friedlich Land und ein Höllenhund, vom Abgrund aufgestiegen, führt sie an.«

»Wer ist ...?«

»Simon von Montfort,« schrie der Wunde hinaus mit überraschender Kraft: »Merk' dir den Namen! Hörst du? Er – Er! – hat deine Herrin verbrannt!«

Gaston sprang auf: »Simon von Montfort!« wiederholte er tonlos.

»Er ist – das ist wahr – ein großer Held: – in vielen Schlachten – im Morgen- und im Abend-Lande Sieger – nie besiegt – nie verwundet – von der Hölle gefeit: – Eisen und Holz kann ihm nicht an! Er trägt einen Helm, vom Papste geweiht, der macht den Träger unverwundbar.«

»Simon von Montfort!«

»Mit einer Rotte seiner Kreuzfahrer überfiel er im tiefen Frieden – in der Nacht – Cavaillon, das gute alte Haus. Ich war fern auf einem Turnier zu Carcassonne, Er fand bei der Frau Vater Matthieu, den greisen Bischof der Katharer: – so heißen die ›Frommen‹: – er befahl beiden, dem Paraklet, unserem Gott zu fluchen, zum römischen Papst zurückzukehren – und da sich beide weigerten, ließ er Haus Cavaillon anzünden an allen vier Ecken und – wehe, wehe! – die beiden in die Flammen stoßen.«

»Ah, Simon von Montfort!«

»Als ich bei Tagesanbruch aus dem Walde von Foix auf mein Schloß zusprengen wollte, sah ich, wo seine Zinnen geragt, eine schwarze Rauchwolke quer in die Luft gelagert. Und sobald wir – zehn Reiter! – ins freie Feld gelangt waren, jagten unter wildem Geheul: »Gott will's, Gott will's!« hundert Kreuzfahrer uns entgegen. Ein Pfeil traf mich in den Schwertarm. Die Meinen fielen bis auf diese vier. Sie flüchteten mich mit Müh' und Not. Ich floh nur, um zurückzukehren, um hier alle meine Vasallen aufzubieten und den Mörder – ach, ich kann nicht! Die Ärzte zu Montpellier, wo ich rasten mußte, verhehlten mir nicht: der Pfeil war vergiftet. Ich muß sterben – alsbald! – So wollte ich sterben in meinem eigenen Haus. Leb Wohl! Die Augen versagen: – ich sehe dich nicht mehr. Leb wohl, Gaston!«

Und sie begruben ihn in der Gruft seiner Väter, den frohsten, schönsten Troubadour.

Gaston aber zog von dannen – ganz allein. »Wohin? Wen suchst du?« hatten der Vater und die Brüder gefragt.

»Simon von Montfort. Ich dichte meinem Herrn einen »Toten-schrei«,[2] der ist noch nicht fertig.«

Und so zog der einsame Reiter durch die Lande, immer nach Westen, nach West.

Bald hinter Arles stieß er auf die Spuren der furchtbarsten Zerstörung, die das Abendland je geschaut.

Die Mauern der Städte niedergeworfen, die Türme abgetragen, die Gräben ausgefüllt, hunderte, ja tausende Schlösser, Burgen, Manoirs, Edelhöfe in Brandschutt und Trümmern liegend, die Öl-bäume umgehackt, die Rebstöcke herausgerissen, die Saaten zer-stampft: – und hier und da vor den eingeschlagenen Toren der ent-wallten Städte auf Kies und Sand große viereckige schwarze Flecke: – über denen ein unleidlich ekelhafter Geruch brütend schwebte.

Nur einmal fragte er einen blinden Greis, der neben dem ver-brannten Tor von Beziers saß und betete.

»Woher das kommt?« – »Das kommt von Simon von Montfort. Zweihundert Menschen: viel Weiber und Kinder waren's. Das riecht man lang. Mir und siebzig andern haben sie nur die Augen ausge-stochen. Aber ich sehe sie doch die Herrlichkeit des Parakleten: hell strahlen seh' ich sie.«

Der einsame Reiter trieb den Rappen zu rascherem Trab.

Und so kam er über Beaucaire, Beziers, Carcassonne, von Südos-ten her in die Nähe von Toulouse, das Simon mit dem Hauptheer seiner Kreuzfahrer belagerte.

Der Reiter stieg ab, als er von fern der Zelte der Belagerer ansich-tig wurde: – sie schienen ihm wie Blut getüncht in der Abendsonne. Er verbarg sein Rößlein in dichtem Gestrüpp, dann grub er mit dem Schwert eine Grube in dem hohen Waldmoos, barg dann darin Helm, Brünne und Schild, Dolch und zuletzt das Schwert und deck-te sorgfältig das Moos wieder darüber. »Bleibt da ruhen,« flüsterte er, »ich brauche euch nie mehr.«

Er versuchte es gar nicht, in die Stadt zu gelangen: die Belagerer bewachten gar scharf alle Zugänge. Er beschloß, sich die Sommer-

---

[2] Totenklage, Nachruf.

nacht über im Walde verborgen zu halten und abzuwarten, was da kommen sollte am nächsten Tag.

Dieser war der 24. Juni des Jahres 1217 – die Sommersonnenwende ist für gar manchen seines Geschlechts bedeutungsvoll gewesen! – – –

In den gleichen Abendstunden saß in seinem Zelt, dessen Wände reiche Waffentrophäen, aber auch Kruzifixe und in Seide gestickte Heiligenbilder schmückten, beim Becher Simon von Montfort, dessen Sohn Amaury und der Groß-Kapellan des Kreuzheeres, Abt Armand, der Legat des Papstes.

Simon »der Gefürchtete« – wie er im Morgen- und im Abendlande hieß – eine gewaltige Hünengestalt, fast 7 Fuß hoch, breitköpfig, breitbrüstig, stiernackig, das pechschwarze Haar nach Normannenart ganz kurz rund um das Haupt geschoren, war in der Tat ein Staunen und Bangen erregender Anblick: zumal den Blick der tiefschwarzen Augen, die wie bei Raubvögeln allzunah aneinander standen, durch die scharfe Adlernase zu wenig geschieden, raunte man, könne niemand ertragen und schon oft habe er im Zweikampf gesiegt, weil der Gegner unter diesem Blick mit den Wimpern zuckte.

Er stellte nach einem tiefen Trunk den Goldbecher klirrend auf den Schanktisch, wischte den bartlosen, fest geschlossenen, den grausamen Mund und begann: »Morgen, ihr Genossen des heiligsten Krieges, hoff' ich, ernten wir die Frucht unserer Mühen. Allzulang schon hat uns dies trotzige Ketzernest vor den dicken Mauern festgehalten: unser sind und in Schutt liegen Carcassonne, Avignon, Nîmes, Mazarec, Laurac, Albi und viele andere Städte: nur diese Höllenfeste unter ihrem alten Grafen, dem Altvater aller Ketzer, widersteht noch. Aber morgen fällt sie. Sie planen kurz vor Tagesanbruch einen Ausfall aus allen Toren zugleich: sie hoffen uns zu überrumpeln. Wir werden *sie* überraschen. Meine geheimen Späher waren wachsam. Und zum Überfluß ist mir diese Nacht Sankt Johann der Täufer, unser Schutzpatron, erschienen und hat mir gezeigt, wo die Entscheidung fällt: ›Bei dem letzten Barbacan, der Vorstadt Saint Subran vor dem Walde, sprach der Heilige, mit dem Finger deutend: das also wird *mein* Platz in der Schlacht.«

»Der gefährlichste, wie immer,« meinte Amaury.

»Was heißt Gefahr?« fiel ein der Abt, eine hagere unheimliche Priestergestalt in den weißen und schwarzen Gewanden der Dominikaner. »Gefahr droht nicht dem erwählten Rüstzeug des Herrn. Der vergoldete Glockenhelm dort auf der Truhe schützt, so lang es ihn trägt, das Haupt des ›Gefürchteten‹, den nicht Eisen, nicht Holz gefährden, nach der Kirche erhörtem Gebet, so lang er ihr getreuester Sohn.«

»Das werd' ich bleiben. So hört das Gelübde, das ich getan, als mich heut' Nacht der Heilige im Traume verließ: alles Gold, das wir morgen in der Stadt erbeuten, Sankt Denis zu Paris, alles Silber Sankt Martin von Tours und jeden Ketzer, jede Ketzerin, die wir greifen, erschlagen als ein Opfer für Christus, dessen Gottheit sie leugnen.«

»Amen!« sprach der Abt.

»Aber,« fragte Amaury, der mit ungleich milderen Augen in die Welt sah, – »das wird des Blutes doch allzuviel! Und es sind auch Katholiken in der Stadt. Wie sollen wir unterscheiden? Wen verschonen, wen erschlagen?«

»Erschlagt Alle,« sprach der Abt, sich erhebend. »Gott kennt die Seinen.« Und er schritt aus dem Zelt.

»Vater,« meinte Amaury, leise fröstelnd. »Manchmal erschauere ich doch. Die zweihundert von Beziers! Und jene wunderschöne Frau zu Cavaillon: – ich sprang hinzu, sie herauszureißen. Zu spät ...«

»Schweig von der. Sie hatte einen Dämon,« er schlug ein Kreuz über die breite Brust. »Besser die Flammen für sie als die Flammen, die sie weckte – in andern. Der höllische Reiz ihrer weißen Glieder hatte auch dich betört, ich sah es wohl, mein Sohn. – Aber ich heuchle nicht gegen den Sohn, den Erben meiner Macht und meines Plans. Auch mir wär' wohl der Mühen, der Flammen und des Bluts zu viel geworden, föchte ich nur für Sankt Peter. Aber ich fechte auch für mich, für dich, für unser Haus. Hör', aber schweig. Der heilige Vater in Rom und mein Lehnsherr, König Ludwig in Paris, – längst giert er nach der reichen Provence! – haben mich im voraus belehnt mit allem Land, allen Städten, Dörfern, Burgen und Manoirs, die ich den Ketzern abnehme zwischen Rhone im Aufgang und der Mündung des Adour im Niedergang.«

»Vater!«

»Du staunst, nicht wahr? Das schönste, reichste Reich des Abendlands! ›Simon, König von Aquitanien‹: das klingt nicht schlecht. Morgen erobere ich die Hauptstadt dieses meines Reichs – Toulouse. Nun gute Nacht. Ich brauche Schlaf. Vor Morgengrauen heißt's heraus.«

*

Und vor Morgengrauen kniete Montfort, gewappnet vom Wirbel bis zur Sohle, den goldnen Helm im linken Arm, vor dem Feldaltar im Hintergrund seines Zeltes. Der Abt Arnauld celebrierte ihm die Messe. Inbrünstig, in Andacht versunken begleitete jener mit seinem Gebet die heilige Handlung, die zu Ende ging.

Schon in dem Verlauf waren Trompetenrufe, Rossewiehern, Waffengetöse in das Zelt gedrungen: den Priester störten sie: den Beter nicht. Nun – der Abt war bis nah an das Ende gelangt, – da eilte Amaury herein und rief: »Auf, Vater, rasch! Das Gefecht ist in vollem Gang. Die Feinde sind aus allen Toren gebrochen. Komm, sofort!«

»Da seien Sankt Peter vor und alle Heiligen, daß ich in die Schlacht reite, bevor ich meinen Gott gesehn. Vollende, Priester.«

Hastig eilte der zum Schluß. Als er das Wunder der Transsubstantiation vollbracht und die Hostie erhoben hatte, stand der Gefürchtete auf – ganz langsam – und sprach, den Helm aufstülpend: »Zu hastig, Priester! Du hast an Gott Zeit sparen wollen. Aber der hat die Ewigkeit. – Jetzt – nieder mit den Ketzern! Sie sind verloren: denn dies ist das Schwert des Herrn!« Damit zog er die Toledoklinge feierlich aus der Scheide und schritt aus dem Zelt, den mächtigen normannischen Rapphengst zu besteigen.

Und verloren, so schien es, waren auch diesmal die Feinde des Niebesiegten.

Als die Ausfallenden, geführt von dem greisen Grafen von Toulouse und dem jungen Vicomte von Foix, über Notstege, die sie rasch über die Wallgräben geworfen, die verhaßten Belagerungstürme erreicht hatten, die sie stets von wenigen bewacht gesehen, und Feuer darein werfen wollten, sprangen, bisher hinter dem Gezimmer verdeckt gehalten, starke Scharen der Kreuzfahrer hervor, zumal Normannen und Nordfranzosen waren's, und warfen die Überraschten überraschend in dichten Haufen in die Gräben und auf die Ausfallstege zurück.

Nur vor einem Tor der Vorstadt Saint Subran, neben dem mächtigen Barbacan, den all diese Wochen her der Graf von Toulouse heldenhaft verteidigt hatte – und er hatte jetzt die Tapfersten der provençalischen Ritterschaft für den Ausfall hier zusammengefaßt, – machten die Ketzer Fortschritte.

Die erste Reihe der Belagerer war hier durchbrochen: sie wich bis an den Saum des dichten Waldes zurück.

Allein nun brach von dem Lager Montforts her, wie ein Lavaguß alles vor sich her nieder- und fortreißend, die Hauptmacht der Kreuzfahrer auf die Verfolger ein: die Tolosaner stutzten, hielten, wankten schon.

Da trat aus dem dunkeln Wald ein Ungewaffneter und rief den nächsten Reiter an, der gerade das Pferd zur Flucht herumriß: »Halt! Sag mir nur noch rasch: der – der auf dem Rappen – der mit dem goldnen Helm – das ist doch *er*.«

»Ja! Das ist Montfort! Fresse ihn die Hölle, den Unverwundbaren.« Und er wandte den Gaul und floh.

Da langte der Fremdling aus seinem Ranzen eine handbreite Lederschlinge an einer derben Schnur, legte einen scharf gespitzten schweren Kieselstein darauf und flüsterte: »Nun hilf mir, Gott, du alter Gott der Hirten. – Halt!« schrie er den gegen ihn Anreitenden an: »halt, Simon von Montfort: denn du mußt jetzt sterben. Denk an Cavaillon.«

Der Reiter hatte trotz seines Helmvisiers dies Wort – nur *dies*! – verstanden – er stutzte: er hielt den Renner an: da flog der Schleuderstein: er traf den Goldhelm: klirrend sprang der in zwei Stücke auseinander und flog zur Erde: barhäuptig saß jetzt der Riese auf dem Roß: staunend, wie ungläubig sah er herab nach rechts und links auf die Trümmer des geweihten Helms. Nun schaute er wieder auf, dem Feind entgegen: er spornte den mächtigen Hengst, den

Kecken niederzustampfen. Da kam sausend ein zweiter Stein geflogen: er traf die Stirn mitten zwischen den furchtbar blickenden Augen: rasselnd in seinen Waffen, das Schwert noch fest in der Faust, stürzte er rücklings vom Roß.

Gaston aber schrie mehr als er sang:

»Tot ist Montfort!
Montfort ist tot!
Tot ist Montfort!
Gelöst ist mein Wort
Und gerächt bist du, Herrin Aladaidis!«

Es war sein letztes Wort. Im Augenblick war er von des Gefallenen Gefolg überritten und im Sinken von Speeren durchbohrt.

Aber der Fall des vergötterten Führers entschied die Schlacht. Vom Schreck entschart, von dem Unfaßlichen entsetzt, daß »der im gesegneten Helm« gefallen, flohen die Abenteurer aus allen Landen, die nur unter ihm zu kämpfen, zu siegen gewußt hatten, eifrig verfolgt von den aufatmenden Tolosanern.

Nie ward die Leiche erkannt des Jünglings, der den »Gefürchteten« erlegt hatte.

*

Hier bricht sie ab, meine »Familien-Chronik«, d. h. das Gewebe meiner Phantasien und Träume: sie reichen nicht über das XIII.+Jahrhundert herunter. Nur undeutlich, wolkenähnlich tauchen mir noch einzelne Gestalten aus jüngeren Zeiten auf: sie lassen sich nicht greifen, nicht mir selbst zur Anschauung bringen, geschweige anderen. Nehmen wir also Abschied von den Le Gays bei Gaston dem Getreuen.

Über tredition

Eigenes Buch veröffentlichen

tredition wurde 2006 in Hamburg gegründet und hat seither mehrere tausend Buchtitel veröffentlicht. Autoren veröffentlichen in wenigen leichten Schritten gedruckte Bücher, e-Books und audio-Books. tredition hat das Ziel, die beste und fairste Veröffentlichungsmöglichkeit für Autoren zu bieten.

tredition wurde mit der Erkenntnis gegründet, dass nur etwa jedes 200. bei Verlagen eingereichte Manuskript veröffentlicht wird. Dabei hat jedes Buch seinen Markt, also seine Leser. tredition sorgt dafür, dass für jedes Buch die Leserschaft auch erreicht wird.

Im einzigartigen Literatur-Netzwerk von tredition bieten zahlreiche Literatur-Partner (das sind Lektoren, Übersetzer, Hörbuchsprecher und Illustratoren) ihre Dienstleistung an, um Manuskripte zu verbessern oder die Vielfalt zu erhöhen. Autoren vereinbaren direkt mit den Literatur-Partnern die Konditionen ihrer Zusammenarbeit und partizipieren gemeinsam am Erfolg des Buches.

Das gesamte Verlagsprogramm von tredition ist bei allen stationären Buchhandlungen und Online-Buchhändlern wie z. B. Amazon erhältlich. e-Books stehen bei den führenden Online-Portalen (z. B. iBookstore von Apple oder Kindle von Amazon) zum Verkauf.

Einfach leicht ein Buch veröffentlichen: **www.tredition.de**

Eigene Buchreihe oder eigenen Verlag gründen

Seit 2009 bietet tredition sein Verlagskonzept auch als sogenanntes "White-Label" an. Das bedeutet, dass andere Unternehmen, Institutionen und Personen risikofrei und unkompliziert selbst zum Herausgeber von Büchern und Buchreihen unter eigener Marke werden können. tredition übernimmt dabei das komplette Herstellungs- und Distributionsrisiko.

Zahlreiche Zeitschriften-, Zeitungs- und Buchverlage, Universitäten, Forschungseinrichtungen u.v.m. nutzen diese Dienstleistung von tredition, um unter eigener Marke ohne Risiko Bücher zu verlegen.

Alle Informationen im Internet: **www.tredition.de/fuer-verlage**

tredition wurde mit mehreren Innovationspreisen ausgezeichnet, u. a. mit dem Webfuture Award und dem Innovationspreis der Buch Digitale.

tredition ist Mitglied im Börsenverein des Deutschen Buchhandels.

Dieses Werk elektronisch lesen

Dieses Werk ist Teil der Gutenberg-DE Edition DVD. Diese enthält das komplette Archiv des Projekt Gutenberg-DE. Die DVD ist im Internet erhältlich auf **http://gutenbergshop.abc.de**

Zeitfracht Medien GmbH
Ferdinand-Jühlke-Straße 7
99095 Erfurt, Deutschland
produktsicherheit@kolibri360.de